AF245917

LES CAPRICES

D'UN

HOMME SÉRIEUX

FRAGMENTS

D'ESQUISSES POÉTIQUES

PAR

FAUSTUS

Tout ce qui est léger
n'est pas frivole.

PARIS

CHEZ DENTU, LIBRAIRE-ÉDITEUR,

GALERIE D'ORLÉANS, AU PALAIS-ROYAL.

—

1868.

LES CAPRICES

D'UN

HOMME SÉRIEUX

FRAGMENTS

D'esquisses Poétiques

PAR

FAUSTUS

Tout ce qui est léger
n'est pas frivole.

PARIS

CHEZ DENTU, LIBRAIRE-ÉDITEUR,

GALERIE D'ORLÉANS, AU PALAIS-ROYAL.

—

1868.

Esquisses Poétiques

MES DEMI-SONNETS.

Connaissez-vous Dunkerque? Oh ! la charmante ville !
Mais on n'y peut rêver, on n'y dort pas tranquille :
Plutôt qu'à l'habiter te sentir condamné,
Souhaite les pontons, artiste infortuné !

Son premier carillon réjouit ton oreille,
Le suivant te paraît une moindre merveille ;
Mais comment supporter son rigoureux *tin tin*
Du matin jusqu'au soir, du soir jusqu'au matin ?

Comme ce carillon plein de monotonie,
Lecteur, de vrais sonnets pourraient aigrir ta vie ;
Je leur ôte pour toi leur cricri de grillon.

Prends mes demi-sonnets, ils sont moins beaux, je pense ;
Mais si tu n'en ressens qu'une demi-souffrance,
Absous-moi du délit de lèse-carillon.

28 octobre 1865.

LE JACOBIN POLITIQUE.

Qu'est-ce qu'un jacobin de France ?
— C'est un homme de conscience
Qui tout-puissant dans sa saison,
Met deux hommes à la potence
Pour en mettre un à la raison.

LA COQUETTE ET LA ROSE.

Dame coquette est une rose
Qui d'elle-même ainsi dispose :
Sa feuille est pour son favori.
Son épine pour son mari.

L'ABEILLE.

Après la nuit obscure, au lever de l'aurore,
L'abeille bat la fleur de son aile sonore ;
Comprenez son labeur, respectez ses ébats,
C'est pour vous qu'elle sue, oh ! ne l'agacez pas.

Tranquille, elle extraira pour la ruche embaumée
Du cytise fleuri la sève parfumée ;
Même au lys qui se meurt elle emprunte son miel ;
Son aiguillon qui dort laisse dormir son fiel.

Mais, si vous l'irritez, elle ne craint personne ;
Pour venger ses affronts soudain la charge sonne :
Malheur à l'assaillant !

Un inflexible dard persécute son flanc,
Il succombe, ou s'enfuit ; car l'insecte sublime
Porte, en un corps débile, une âme magnanime.

18 novembre 1865.

MYOPIE ET DISTRACTION.

Lorsqu'à mon bras, le soir, courant au petit trot,
Marie, au pied d'oiseau, tu te plains de ma vue,
Sais-tu pourquoi j'ai l'air d'éprouver la berlue,
Pourquoi j'y vois si peu ? — C'est que je te vois trop.

12 novembre 1865.

FAUX AMOUR.

Le flot de la mer Morte est d'un limpide azur,
Mais sitôt qu'on le boit, il répugne à la lèvre,
De tout fruit qu'il arrose il faut qu'elle se sèvre,
Ce fruit tendre et vermeil, ce n'est qu'un sable impur.

L'écume des torrents s'évapore en fumée,
La neige des buissons n'atteint pas la soirée,
Le chant de l'oiseau tombe avant qu'il soit midi,
Le grain mal semé sèche avant qu'il ait verdi.

Marie au cœur aride, ainsi meurt ou s'altère
Tout ce qu'on sème en toi : tendresse, pleurs, prière ;
Tout s'éteint comme un feu sur des marbres jeté.

O mon rival, tu ris de m'avoir supplanté.
Poursuis, serre à plaisir cette ombre mensongère :
Tu plains mon dénûment, moi je plains ta misère.

18 juin 1866.

LES DEUX CONVIVES.

Nous venons de manger un dinde délectable,
(Disait un président, rose, au sortir de table),
Un vrai morceau de roi, gras, délicat, fondant,
Et des truffes ! à rendre un malade imprudent.
Vous m'en voyez tout rond ; à peine le squelette
De l'oiseau rare a-t-il évité ma fourchette.
— Combien étiez-vous donc pour ce festin ? — Ma foi
Nous n'étions que nous deux : l'excellent dinde et moi.

19 avril 1866.

4

CRÉPUSCULE.

Quand les ombres du soir, ont vaincu la lumière ;
Lorsque le frais des nuits vient humecter nos yeux,
Et que rompant enfin leur divine barrière,
Les astres scintillants errent au front des cieux ;

Dans son limpide azur quand la Saône indolente
Réfléchit tant de feux de ses bords émanés,
Que mille globes d'or, sur l'onde transparente,
Brillent, de flots en flots mollement promenés,

C'est l'heure où Maria, me dis-je, est solitaire :
O nuit, si tu le sais, apprends-moi le mystère
Qui de ses doux pensers fait l'objet favori ;

Si c'était moi, de grâce, abjure ton silence,
Fais moi vivre !... ou, sinon... si son indifférence
M'accable, éteins mes jours dans l'éternel oubli !...

Samedi 4 janvier 1865

LA VÉRITÉ DANS LES YEUX.

Ton œil, dit-on, est faux ; il me paraît sincère :
    Ne peint-il pas ton caractère ?
A quiconque te voit ne dit-il pas, sans fard,
Mon maître est un coquin sous la peau d'un cafard ?

20 avril 1866.

LA MÉDECINE.

La médecine est très-docte personne ;
Quel tact, quel art, quels soins sans embarras
Pour guérir, sans retour, les maux que l'on n'a pas !
Ne pourrait-elle rien sur les maux qu'elle donne ?

AMOUR ET MYOPIE.

C'était l'été ; c'était au temps où le ciel sombre
Ajoute au frais du soir les vapeurs de son ombre ;
J'y vois très-près le jour ; j'y vois très-mal la nuit :
Deux à deux, Maria, nous cheminions sans bruit.

Non loin de l'obélisque antique, au granit rose,
Dans l'élégante arène où sa masse repose,
S'entrecroisaient chevaux, carrosses emportés,
Passants mystérieux, promeneurs agités :

Je me heurtais à tout ; tu me grondais sans cesse
De ce ton courroucé qui vaut une caresse.
Puis tu serrais mon bras, et puis, ô mes amours,

Je sentais palpiter ton sein : Dans mon ivresse,
«Que je sois, me disais-je, aveugle si, toujours
Un tel ange gardien veut protéger mes jours ! »

10 novembre 1865.

L'INSTRUCTION OBLIGATOIRE.

Au palais de nos députés,
En arguments très-cahotés,
Moitié français, moitié grimoire,
Un orateur voulait qu'il fût obligatoire
D'être instruit dès ses premiers ans,
Et clabaudait sur les parents
Qui négligent trop la jeunesse.
— A sa plainte je m'intéresse
Dit alors un interrupteur :
Ses parents, je le vois, ont bien manqué de cœur !

16 mars 1866.

DÉCRÉPITUDE SOCIALE.

Lorsqu'une nation n'est plus qu'une poupée,
De blanc et de carmin subtilement fardée,
Quand sa raison est morte, ou ne sait que gémir
Sur tout ce qui retarde ou gêne son plaisir ;

Quand l'implacable ver que sa pâture enivre
Le sophiste, la mord dans tout ce qui fait vivre :
Autorité, devoir, respect, tradition,
Droiture, mœurs, savoir, sainte religion ;

Son corps, jadis si frais, n'est plus qu'une momie ;
Tout ce qui reste d'elle exhale l'agonie ;
      Son râle est imminent.

Alors à son chevet se dresse le Barbare,
Qui lui hurle en jetant sa défroque au Ténare :
      Mort, fais place au vivant !

20 novembre 1865.

BEAUTÉ D'EMPRUNT.

Tu peux acheter, cher démon,
Poudre de riz, fleur de savon,
Cheveux et dents, hanche et corsage...
Ne pourrais-tu de même, acheter un visage !

25 décembre 1865.

LE JOURNALISTE.

Journaliste, réponds : Je voudrais bien savoir
Pourquoi tu nous dis blanc ce que tu disais noir.
— Cher lecteur, ce n'est point chez moi pur coup de tête ;
Mais le public, ni toi, n'aimez qu'on se répète.

19 mars 1866.

ÉCLATS MENTEURS.

La femme du Mexique orne ses noirs cheveux
D'un cercle étincelant d'insectes radieux ;
Le tronc rongé de vers qu'imprègne le phosphore
Imite, dans la nuit, les teintes de l'aurore :

De nos marais tourbeux il surgit des clartés
Qui semblent, sur les eaux, des flambeaux agités ;
Rampant vers ses amours, une larve superbe
Montre une étoile d'or qui court au sein de l'herbe ;

La poudre des déserts, sous un ciel inclément,
Nous peint d'une oasis le fantôme charmant,
Et tout n'est qu'imposture ou courte duperie :

Femme au front scintillant, poëte enfant des cieux,
Quelle main ne pourrait faire sauter aux yeux
Le ver qui dort aux plis de votre draperie ?

22 novembre 1865.

L'ARRÊT LITTERAIRE.

Entre Guillaume et Claude il faut vous prononcer.
— J'y consens, et voici ce que j'en pourrais dire :
        Guillaume pense pour écrire,
        Claude écrit pour ne pas penser.

5 juin 1866.

NOS EMBLÈMES.

Le lys fut une fleur de bataille et de cour ;
Il grandit sous le fer, dans les tournois d'amour ;
Comme un astre il brilla sur la chevalerie ;
C'est l'emblème éclipsé de l'aristocratie.

Le coq est fanfaron, criailleur, vif, altier,
Mais il aime un peu trop à gratter le fumier.;
Sa poule et ses poussins occupent trop sa tête ;
Du bourgeois libéral c'est le symbole honnête.

Notre aigle, à peine éclos, fit trembler l'univers,
De vingt peuples vaincus il sut briser les fers,
Pour la ressusciter, il foudroya la terre ;

Nos lois, nos mœurs, nos arts suivirent son tonnerre,
Et fière d'y trouver une image de soi,
La France en fit l'oiseau sacré du peuple-roi.

25 novembre 1865.

L'ACADÉMICIEN LÉGER.

Il fallait à l'Académie
Un esprit léger pour soutien.
Qui choisit-elle, je vous prie ?
Tournesol qui ne pèse rien.

LES VOTES DE L'ACADÉMIE.

L'Académie est fine, à tort on la chamaille :
— Quoi, choisir Tournesol ! —Pourquoi pas, s'il vous plaît ?
Elle accorde un fauteuil à tel qui n'a rien fait,
Pour expier un tel qui ne fit rien qui vaille.

16 mars 1866.

LE PARJURE.

Celui qui sait aimer sait pardonner l'injure,
Le caprice, l'orgueil... Quel cœur fut sans blessure ?
Mais comment effacer, de nos sens éperdus,
Le souvenir d'un bien qu'on ne possède plus ?

Ici je la connus, ici belle et tremblante
Je l'entendis un soir, de sa lèvre charmante
Dire qu'elle m'aimait et me jurer sa foi,
Que son cœur, toujours pur, battrait toujours pour moi.

Astres, elle invoqua votre beauté sacrée ;
Source, elle fit serment sur ton onde azurée :
« Tes flots devaient sécher, ou vos clartés finir

Avant que ses regards cherchassent à me fuir. »
Elle me fuit... et vous, vous devancez l'aurore,
Astres brillants ; flot, tu bruis encore.

23 novembre 1865.

BOUQUETIÈRE.

Blonde enfant qui nous vends des roses
Moins roses que ton teint vermeil :
Quand tu vis, folâtre, au soleil,
Qu'est-ce donc que tu te proposes?
Vends-tu le cœur dont tu disposes,
Ou bien, ne vends-tu que la fleur ?
Ou, malgré certain air boudeur,
Vendrais-tu ton cœur et tes roses ?

29 décembre 1865.

L'ARMÉE FRANÇAISE.

SONNET.

Quand le lion rugit, la panthère est tremblante
Et cède la clairière au maître des forêts :
Devant l'astre du jour tu fuis, et tu soustraits,
Lune, au monde ébloui, ta face défaillante.

O notre illustre armée, à l'heure où tu parais
Fière, prête à charger, de fougue étincelante,
Ton ennemi frissonne, et voudrait sous sa tente
De ses accablements te cacher les secrets !

Si l'étranger vaincu tout haut te glorifie,
Tel Français dont tu sers et sauvas la patrie
    Se plaît à t'insulter :

Honore-toi de l'un, laisse l'autre médire,
Puisqu'il ne peut te vaincre, il faut qu'il te déchire
Mais qu'il craigne les coups que tu saurais porter.

31 mai 1866.

UNE CHATTE.

Tu te vantes d'être une chatte
Et demandes pourquoi je fuis ?
— C'est que je crains ton coup de patte,
Maria, je suis ta souris.

23 novembre 1865.

LE SAULE.

SONNET.

Triste et rêvant au pied d'un saule au pâle ombrage
Que la lune argentait de rayons vaporeux,
Tandis qu'au frais du soir son mobile feuillage
Frémissait sur mon front dépouillé de cheveux ;

Et que, sur le gravier, une feuille et puis deux
Tombaient comme les flots jetés sur le rivage,
O feuille morte, dis-je, ainsi que toi, notre âge
Bourgeonne pour sécher sur quelque lit poudreux.

Ardeur des premiers ans, soif de vivre, allégresse,
Combats du cœur, folie, ambition, jeunesse, -
Trésors si tôt ravis, qui peut vous retenir ?

A peine ai-je connu votre aimable imposture :
N'êtes-vous du bonheur qu'une vaine morsure ?
Songes, ah ! pourquoi naître, ou bien pourquoi finir ?

3 juin 1866.

A UNE COQUETTE DÉPLAISANTE.

Tu te consumes à m'apprendre
Ce qu'il faut faire pour te prendre :
Oh ! que tu feras mieux, avec moins de tracas,
Si tu m'apprends, ma belle, à ne te prendre pas.

23 novembre 1863.

LA CRITIQUE.

SONNET.

Lorsque la mignonne fauvette,
Au feuillage d'un vert rameau
Suspend, après mainte amourette,
Son nid où va poindre l'oiseau ;

Elle ne voit pas, la pauvrette,
Que, roulé sous son arbrisseau,
Le fauve serpent qui la guette,
De ce nid va faire un tombeau.

Comme ce chantre des feuillées,
La muse étale ses veillées,
Ses doux vers, aux rayons du jour,

Et lorsque tout lui semble fête,
Elle tremble en voyant la tête
Du reptile ou bien du vautour.

4 décembre 1865.

LE POËTE MODESTE.

Tu t'excuses et dis en baissant ta paupière
Que la muse est ton faible, et ce n'est pas à tort ;
Comme toi, ton lecteur affirme, à sa manière,
Que la muse n'est pas ton fort.

7 mars 1866.

LES CHEVEUX TEINTS.

SONNET.

Tes cheveux opulents non moins serrés que doux,
En ondes ruisselaient jusques à tes genoux :
Le fin duvet que donne une coque soyeuse
N'eut ni leur frais toucher, ni leur beauté moelleuse.

Mais leurs reflets changeants allumaient ton courroux ;
Ni l'ébène, ni l'or sur leur natte onduleuse
N'imprimaient leur cachet : et leur couleur douteuse
Passait. du grenat sombre, aux feux de l'ambre roux.

Ne teins pas tes cheveux, te disais-je, ô mon âme :
Leurs chatoyans reflets brûlent comme la flamme.
Marthe, crois-en mon cœur et condamne tes yeux.

Tu me raillais ; hé bien, souris ; ta tête est chauve :
Ta tresse n'est plus noire, ou blonde, ou même fauve,
Tu ne la teindras plus, tu n'as plus de cheveux.

15 janvier 1866.

LE FRANÇAIS MODERNE.

Le Français fut jadis aussi gai que frivole ;
   Il n'est que frivole à présent.
Il plaît moins de moitié, car ce qui nous console
De rencontrer un fou, c'est qu'il soit amusant.

UN GAGNEUR DE PROCÈS.

Tu plaides mal ta cause et tu sais la gagner.
Comment fais-tu, Laurent ? Vraiment tu nous étonnes :
C'est qu'on n'écoute pas les raisons que tu donnes,
Et qu'on songe aux raisons que tu devrais donner.

LE JUGE ET LE PLAIDEUR.

Devant un feu qui pétillait,
Un plaideur vint trouver son juge.
Quel bon moment, quel doux refuge
Dans un hiver où tout gelait !
— Parlez, monsieur, expliquez votre affaire,
  Dit le magistrat débonnaire,
Je vous écouterai religieusement.
  Le plaideur s'y prend poliment,
  Mais non pas avec cette adresse
Qui ménage le temps et vers le but se presse.
Le juge écoute, dort, puis, je ne sais comment,
Il en vient à ronfler impétueusement ;
  Il avait trop bon feu sans doute.
  Son client étonné l'écoute,
  Car écouter vaut encor mieux
  Que parler à qui clôt les yeux
  Pour dormir d'un ton si sonore.
Il s'écoule un moment, puis deux et plus encore,
Lorsque le magistrat, après un long sursis...
Monsieur, s'écria-t-il, je vous ai bien compris.
Le fait que vous citez a beaucoup d'importance,
Je ne l'oublierai pas, j'en donne l'assurance.
Or, pendant que le juge enfin se réveillait,
A son exemple aussi le visiteur dormait.

27 janvier 1865.

L'ADROITE MÉDIOCRITÉ.

Moins on te prise et plus tu sais monter en place ;
  C'est criant ; on te montre au doigt.
Tu fais comme un voleur qui lorsqu'on le tracasse
  A la cave, s'élance au toit.

LE CLOS DE REYRIEUX (1).

ODE BADINE.

A M. Piégay, conseiller à la Cour impériale de Lyon.

Sur les confins d'Espagne, aux fraîches Pyrénées,
Piégay, vous consumez d'indolentes journées
    A savourer les eaux
Dont le soufre et le fer dérobés à la terre,
Couvent une puissance âpre, mais salutaire
Pour raviver nos sens et dissiper nos maux.

En attendant, Reyrieux et son côteau champêtre
Et son riche manoir revendiquent leur maître ;
    Son bois est attristé ;
La chèvre avec dédain mord la ronce épineuse,
Votre verger languit, la ferme est paresseuse ;
L'Eden a disparu, le désert est resté.

Ce n'était pas ainsi quand nous courions ensemble,
Avec ceux que Reyrieux à votre appel rassemble,
    Vos verdoyants sentiers,
Et que, pendus aux fruits de la vigne pourprée,
De joyeux vendangeurs occupaient leur vêprée
A porter au pressoir l'ambre de leurs paniers.

C'étaient, des pommes d'or roulant sur la feuillée,
Ou l'échelle rustique un instant oubliée
    Aux branches du noyer ;
Ou, le bélier gourmand que son gardien pourchasse,
Ou, l'inculte griffon qu'un jeune pâtre agace,
Ou, l'hôtesse éveillant la flamme du foyer.

(1) Prononcer Rérieux.

C'étaient des passereaux les bruyantes volées,
Cherchant pour abriter leurs nocturnes veillées
          Les tilleuls odorants ;
C'était, de vos troupeaux le bêlement sonore
Quand le soleil s'éteint vers le couchant qu'il dore
D'un mélange enchanté d'ombre et de feux mourants.

Puis, venaient de l'esprit les douces fantaisies :
Sentiments discutés, fragments de poésies
          Echangés tour à tour ;
Et ces divins sonnets où seul Pétrarque excelle ;
Dont vous goûtez l'accent dans leur langue immortelle,
Et dont vous traduisez si bien le chaste amour.

Puis, c'était un repas où régnaient l'abondance
Et le rire badin né de la confiance
          De cœurs faits pour s'aimer ;
Des mets assaisonnés d'un peu de sel attique,
La fleur des fruits mûris dans l'enclos domestique,
Et ces vins qu'on ne boit jamais sans les nommer.

Loin de nous ces poisons que Cette (1) nous déguise !
Ce jus d'yèble ou de mûre imprégné de cerise,
          D'orange ou de sureau ;
Ces eaux de tourne-sol, de prune ou de framboise
D'une teinte ambiguë et de saveur narquoise
Qu'eût rougi d'abriter le flanc d'un vieux tonneau !

Certain moine, un beau jour qu'il ne pouvait prétendre
(Un vendredi je crois) à croquer la chair tendre
          D'un blanc et rond poulet,
Sut tourner avec art la règle trop rigide ;
Il fit un orèmus, effleura d'eau limpide
L'oiseau gras, et lui dit : Sois baptisé brochet.

(1) Ville où s'opère, en grand, le commerce des vins artificiels.

Ainsi fait l'imposteur dont la vénale adresse
Communique à nos sens une menteuse ivresse
    Avec son faux raisin ;
Il combine un chaos d'ingrédients étranges ;
Il pressure, il extrait, il filtre ces mélanges
Et leur dit, sans pudeur : « Je te baptise vin. »

Le vôtre, noble ami, n'a pas la fantaisie
D'être un enfant de Chypre ou de l'Andalousie ;
    Il n'est ni Rauzan, ni Pomard :
Il ne prend pas le nom menteur de Léoville,
Il ne se dit pas né sous le ciel de Sicile,
Sur les coteaux du Rhin, sur les bords du Neckar.

Le fruit que, sous vos yeux, votre pressoir écrase,
Fleurit, verdit, et puis des feux de la topaze
    Emplit ses globes clairs ;
J'ai vu le sol poudreux où sa tige serpente,
Et comment au soleil de son Trévoux fermente
Le jus qui nous retrempe en l'âge des hivers.

Votre cellier le garde, ainsi qu'avec usure,
Contente de vos soins, vous l'offre la nature
    En sa franche bonté ;
Ce suc réparateur est bien fils de la treille ;
Il en a la saveur et la couleur vermeille,
Il sait flatter la lèvre et plaire à la santé.

Ce demi-beaujolais, ennemi du tapage,
Qui nourrit sans brûler et qui suffit au sage
    (L'auriez-vous oublié ?)
Vous m'en deviez fournir un fût, sans trop attendre ;
Vous faudra-t-il du bloc pyrénéen descendre
Pour tenir le contrat dont je vous crus lié ?

18

Déjà dans l'Ether bleu l'Écrevisse recule
Vers le Lion que suit l'atroce canicule
    Et l'orage en courroux ;
Pardonnez à ma soif ; Piégay, vous pouvez boire
Les Eaux-Bonnes pour vous ; chez moi, veuillez m'en croire,
Nous boirons largement votre bon vin pour vous.

24 juin 1867.

CAMBRONNE.

Lorsque de tous côtés ruisselait la mitraille,
Que tes soltats tombaient sur le champ de bataille
Comme tombe l'épi sous le fer du faucheur,
Quand tout était perdu, tout excepté l'honneur ;

Quand l'Anglais frémissant te sommait de lui rendre
Le glorieux carré que tu savais défendre,
Et qui, resté debout, lorsque tout avait fui,
Avec toi comme un roc s'obstinait contre lui ;

Non, non, quoi qu'en ait dit un indiscret poëte
Tu ne fus pas grossier quand tu fus l'interprète
    De tes mâles soldats ;

Mais plutôt t'inspirant de leur cœur magnanime
Tu sus alors, tu sus trouver un mot sublime,
Tu dis : « La garde meurt, elle ne se rend pas ! »

19 novembre 1865

SUR LA PHOTOGRAPHIE DE Mlle C. D'A...

Le sombre ébène qui décore,
L'ivoire de ce front charmant ;
Cet œil si pur où ne luit pas encore
Le premier feu d'un chaste sentiment ;
Cette bouche à demi-sévère,
Qui d'un souris banal dédaigne le secours ;
Ces membres délicats, cette taille légère,
Dont l'Albane rêva d'inventer les contours,

En voici l'ombre, et vous devinez même
Les roses de ce teint, et la beauté suprême
Qu'imprime à tant d'attraits le moindre mouvement ;
Qui l'a vu sera mon garant.

Mais quand dans la nuit tiède, une harpe sonore
Entre ses doigts émus exhale ses accents,
Et que les doux pensers de ce cœur qui s'ignore
S'éveillent pour venir se suspendre à ses chants, ¡
Vous qui craignez d'aimer, oh ! craignez de l'entendre ;
Elle est fière et vos vœux pourraient être perdus.
Alors subjugués et confus,
Que pourriez-vous quand vous sauriez comprendre
Qu'on peut l'aimer toujours, mais non ne l'aimer plus ?

LE CADEAU.

Vous aimez les petits présents,
Et moi, j'en médite un, mignonne,
Par lequel je voudrais gagner votre personne,
Voyons, trêve de compliments,
Me prenez-vous si je me donne ?

1ᵉʳ février 1866.

MON ENLÈVEMENT

ODE BADINE.

A Mesdames M. F... et V...

Quand le maître des cieux transporta Ganymède
Sur son aile divine, aux célestes parvis,-
Ses yeux furent vaincus et ses sens asservis
Par l'exquise beauté du jeune prince mède.
Peut-être ce jour-là l'enfant voluptueux
Mit-il à se parer trop de coquetterie,
Et peut-être abusant des parfums d'Assyrie
De l'aigle ravisseur, il provoqua les feux.

Près de la mer, la blonde Europe
Caressa trop le blanc taureau,
Un peu trop joua sur son dos,
S'éprit trop de son enveloppe :
Et quand le monstre enfin, dans les flots écumants
Se jetta tout chargé d'une amante adorée,
Il put, malgré les cris de la douce éplorée,
Espérer que pour lui naîtraient des jours charmants.

Phébé n'enleva pas le chaste Endymion ;
Girodet nous enseigne en son galant paysage
Comment elle glissait à travers le feuillage,
En rayons, où brûlait sa tendre passion.
Sur le front du pasteur étendu sous l'ombrage
Léger et vaporeux d'un olivier sauvage ;
Et comment, succombant à sa tentation,
Elle fut amoureuse avec discrétion.

Qu'on enlève femme imprudente
Ou bien tel coquet jouvenceau ;
Qu'on agace le pastoureau
Qui dort sous la lune pendante
Au firmament ; cela me surprend peu, je dis :
Ces gens-là l'ont voulu, malheur aux étourdis !

Mais moi dont les cheveux sont devenus plus rares,
Qui trouve assez brutal l'éclat de mon miroir ;
Qu'on ne surprend jamais dans les bosquets, le soir,
Et pour qui les plaisirs, devenus plus avares,
Consistent à goûter, après quelques travaux,
Le nonchalant bonheur d'un peu de flânerie ;
A porter n'importe où ma vague rêverie,
Sur les pavés poudreux ou sur le bord des eaux :

Comment soupçonner que deux femmes
L'une charmante comme Hébé,
Puis sa mère, une Niobé.
Deux cœurs loyaux, deux chastes âmes,
Failliraient à ce point d'enlever, sans détour,
Non pas un jeune prince à peu près digne d'elles,
Un héros de tournois, un conquérant de belles,
Mais moi, sarment séché, bon à jeter au four ?

C'était pendant l'été, quand la brume légère
En crépuscule rose, à l'ombre qui la suit,
Dispute avec douceur l'empire de la nuit
Et répand d'un faux jour la clarté mensongère :
— « Monsieur, me dit un groom au rire impérieux,
Deux dames qui sur vous ont un projet aimable
— (Dames chacun le sait, d'un esprit adorable) —
Pour vous, de leur calèche arrêtent les essieux

Tout près ; suivez-moi, je vous prie. »
Faible, je me laisse tenter
Et bientôt il me faut monter,
Sous prétexte de causerie,
Dans le léger carrosse où prompts comme l'éclair
Deux chevaux aux crins bruns m'entraînent sur leur trace,
Comme deux noirs aiglons élancés dans l'espace
Emportent un vanneau dans les gouffres de l'air.

Ainsi que nous, volaient sur l'arène poudreuse
Dans leurs chars animés, des groupes élégants ;
Devant, autour, auprès, vingt cavaliers fringants
Tournaient pour exercer une vigueur fiévreuse.
La lune commençait à poindre à l'Orient ;
La Saône, en frais miroir, glissait entre ses rives ;
Sur son cristal couraient mille ombres fugitives,
Et, comme en un soir pur, le ciel était riant.

Bientôt une villa fleurie
Au frais murmure de ses eaux
Nous offre et bosquets et repos
Et délices de causerie ;
Tandis que l'oranger mêle sa chaste odeur
Au pénétrant parfum du pâle chèvrefeuille ;
Que la brise des cieux, fait frissonner la feuille
Et calme de nos fronts l'inopportune ardeur.

Avec nous chuchotaient, comme un essaim de fées,
D'autres femmes, et puis la dame du manoir,
Puis des amis ; et puis, sous les ombres du soir,
L'amour soufflait au cœur de subtiles bouffées.

Oh ! que de mots charmants j'entendis s'échanger !
Que de moments goûtés en un tendre silence !
Et que vivre serait une douce science,
Si l'homme savait vivre autant que s'affliger !

    Mais la rapide nuit déroule
    Et son voile et ses astres d'or ;
    Vingt fois l'on dit : restons encor,
    Mais quel bonheur qui ne s'écoule ?
Au revoir !... au revoir !... et nos chârs ramenés
Sillonnent du retour la route aventureuse ;
De la Saône frémit l'onde mystérieuse
Et chaque étoile invite aux songes fortunés.

Comme ce fil d'argent que sous un ciel d'automne
Fait flotter dans les airs le souffle des zéphyrs,
Ainsi flottent, en nous, nos inquiets désirs
Sous les tendres lueurs dont la beauté rayonne :
Alors, comme soupire, en de sombres rameaux
Ou sur l'antique tour, la harpe d'Eolie,
Dans nos sens rajeunis crépite encor la vie,
Et des amours passés on regrette les maux.

    Non, lorsque au chant de son rameur,
    Une agile et douce gondole,
    Porte l'amant ému qui vole,
    Qui vole où pour lui bat un cœur ;
La langueur qui le berce est moins digne d'envie
Que le vague éthéré, que le tendre abandon
Que l'on peut savourer sur le mol édredon
D'un carrosse où l'on rêve avec femme jolie !

Mais les chevaux fumants ont arrêté leurs pas
Et la riche calèche entr'ouvre sa portière.
Justes dieux ! on me rend ma liberté première !
Pourquoi monter si haut pour descendre si bas ?
— « Je suis votre captif, reprenez-moi, de grâce
Vous qui m'avez, tantôt, par caprice enlevé !... »
On sourit ; on soutint que je l'avais rêvé,
On inclina le front et me laissa sur place.

J'étais chez moi ; car mon escorte
En m'adressant un doux bonsoir
Et l'adieu suivi d' « au revoir »
Ne m'abandonnait qu'à ma porte.
Cependant le marteau sous mes doigts a frémi ;
Je rentre et je dors mal : femmes, sur ma parole,
Quand sur nous vous mettez la main, ce qui désole
N'est pas d'être enlevé, mais de l'être à demi.

19 juin 1867.

Lyon. — Imprimerie d'Aimé Vingtrinier.

LA SŒUR DE CHARITÉ.

(SONNET.)

Le choléra régnait, Paris prenait le deuil,
Ses hôpitaux n'étaient qu'un plus vaste cercueil ;
Une femme y vient voir les malheureux qu'elle aime
Les entourer de soins, les soigner elle-même.

Elle est bonne, du sceptre elle n'a point l'orgueil.
Près d'un malade morne, à deux doigts du cercueil :
— Souffrez-vous ? lui dit-elle, et l'homme à face blême
De répondre « Ma sœur, c'est mon heure suprême. »

— Ma sœur ?... Vous vous trompez, dit en le reprenant,
Une voix véridique autant qu'admiratrice ;
Ce n'est pas une sœur, car c'est l'Impératrice.

Mais elle... — Oh ! laissez-moi goûter ce mot charmant ;
Ce malade a raison, sa réponse m'est chère ;
Sœur des pauvres !... quel nom pourrait autant me plaire ?

8 décembre 1865.

LA VIE ET LES ROSES.

Marthe, pendant que tu reposes,
Ta lèvre, de l'iris exhale la saveur :
Enfant, sur ton front pur j'incline ces deux roses,
L'aube à ton doux réveil pleurera leur fraîcheur ;
Tu vis pour voir fleurir et mourir toutes choses.

7 janvier 1866.

RÊVERIE.

Oh ! que mon amante n'est-elle
Ce lilas parfumé que fleurit le printemps !
Et moi, l'oiseau pliant son aile
Pour confier sa paix à ses rameaux flottants !

Combien je craindrais la morsure
Du rigoureux hiver sur son feuillage aimé !
Que je chanterais la parure
Que sur ses frais bourgeons avril aurait semé !

Si mon amante était la rose
Dont la pourpre décore un mur du vieux château ;
Si, quand le soir elle repose,
Je pouvais, sur son sein, descendre en gouttes d'eau ;

O bonheur !... jusques à l'aurore
Sur son carmin soyeux je voudrais me bercer ;
Au retour des nuits m'y glisser,
Et chassé de ses plis y retourner encore.

20 avril 1866.

L'ENCENS.

Il est un encens âcre, il est un encens doux ;
On s'enivre d'encens auprès d'une conquête ;
On sent quelque fadeur en celui d'un époux ;
Mais l'encens capiteux, l'encens qui vous entête,
C'est celui qui n'est pas, belles, brûlé pour vous.

12 février 1866.